MINISTÈRE DE L'AGRICULTURE

DE L'HYDRAULIQUE ET DES AMÉLIORATIONS AGRICOLES

NOTE

SUR

LES RESSOURCES HYDRAULIQUES

DE LA RÉGION NORMANDE

PAR

M. HENRI BRESSON

(Extrait des *Annales.* — Fascicule 30)

PARIS

IMPRIMERIE NATIONALE

1905

NOTE

LES RESSOURCES HYDRAULIQUES

DE LA RÉGION NORMANDE,

PAR M. HENRI BRESSON[1].

(SUITE.)

(Planches II et III.)

———

Sous ce titre, les *Annales* de 1903 (fasc. 29) contenaient les états comparatifs, accompagnés de cartes, des forces hydrauliques des départements de l'*Eure-et-Loir*, de la *Manche*, de la *Mayenne*, de l'*Orne* et de la *Sarthe*, et faisaient prévoir ceux du *Calvados* et de l'*Eure*.

Cet ensemble de sept départements comprend bien, en effet, tous les cours des rivières dont les sources prennent naissance dans le petit massif montagneux de la région Nord-Ouest de la France, et qui ont leur embouchure dans la mer de la Manche, la Seine ou la Loire; on peut considérer le littoral et ces deux fleuves comme de grandes limites hydrographiques naturelles. Mais il est nécessaire, pour atteindre ce dernier fleuve, de faire entrer dans cette étude la partie, au nord de la Loire, du département de *Maine-et-Loire*.

Les cinq cartes précédentes étaient affectées uniquement à la représentation graphique des usines hydrauliques, aussi bien sur les cours d'eau non navigables ni flottables que sur ceux navigables, offrant ainsi l'aspect, aussi complet que possible, de la richesse d'un département à ce point de vue. Je dis autant que possible, car on doit toujours entendre par le chiffre porté comme *force utilisable* celui de la consistance moyenne du plus grand nombre d'usines que j'ai pu relever avec certitude dans chacun de ces départements, sans tenir compte, par conséquent, de certaines portions de rivières qui n'auraient encore jamais reçu d'utilisation hydraulique. Toutefois, dans cette région de la France, riche par sa nature et fort peuplée, on avait à peu près tiré parti de toutes les ressources disponibles et méritant l'application de cet emploi.

Le procédé graphique employé pour dresser les cartes du Calvados et de l'Eure est légèrement différent de celui employé pour les précédentes; bien que les signes conventionnels soient restés les mêmes, les usines fermées, en activité ou hydro-électriques sont groupées par communes le long des cours d'eau, au lieu d'être à leur emplacement exact, et ce fait, comme on va le voir, ne saurait altérer l'aspect général.

Ce nouveau procédé m'a amené à formuler les remarques suivantes : sur ces deux départements, présentant un total de 1,463 communes, 334 d'entre elles ne comptent qu'une seule force hydraulique; 65 en ont deux, et enfin 155 seulement dépassent ce

[1] Voir Fascicule 29.

M. Henri Bresson.   1

chiffre; parmi celles-ci, Évreux atteint le chiffre de 21, Vire et Louviers, 21 chacune [1]: au total 554. Des chiffres précédents, nous tirerons la conclusion que 909 communes ne comptent aucune chute d'eau utilisée.

Nous verrons par la suite que, pour la région complète en question (les huit départements précités), un essai fut tenté, en 1904-1905, avec de nouvelles fiches dans le genre de celles utilisées pour le grand recensement de 1900, mais pourvues d'un nouveau questionnaire, demandant, entre autres, des renseignements sur les usages de l'énergie électrique. Le dépouillement en sera assez long, puisqu'elles seront approximativement au nombre de 4,000 [2], mais elles permettront des comparaisons utiles sur l'ensemble des huit cartes qui auront été produites ici. C'est encore une des raisons qui m'ont engagé à faire usage, bien qu'un peu tardivement, des documents de 1900, qui, par l'effet de cette date unique, marquent un point de départ de la statistique des usines hydrauliques, non seulement de la région normande, mais bien de toute la France.

J'ai déjà fait connaître, dans ma première étude, les motifs qui m'avaient amené à entreprendre la statistique des usines hydrauliques de cette région; j'ai même rappelé ce surnom de *Suisse normande*, dénotant une contrée accidentée. On pourrait s'étonner de voir figurer sous ce vocable les départements dont nous nous occupons cette année, par suite de leur voisinage du littoral ou des larges vallées de la Seine et de la Loire. Cependant, si le point culminant de la ligne de partage des eaux des deux grands fleuves précités, à l'altitude de 417 mètres, est presque au centre du massif dans le département de l'Orne, nous allons encore relever dans le Calvados la cote de 359 mètres, et dans l'Eure celle de 241. C'est, qu'en effet, ces deux départements se rattachent par bien des liens à une région délimitée, dont je m'efforce de faire sentir les ressources hydrauliques, bien qu'elle ne soit qu'une des parcelles et non des mieux dotées de notre beau pays de France; c'est, qu'en effet encore, si on n'a pu, en traçant les limites administratives, tenir compte de ces liens, il y a lieu de poursuivre l'examen complet des ressources hydrauliques d'un bassin ou d'un versant jusqu'à ses limites naturelles. Je me suis assuré que les parties de ces bassins comprises dans les départements voisins ou les enclaves de ceux-ci dans la région envisagée sont relativement sans grande importance et, jusqu'à un certain point, se compenseraient. Les trois départements qui vont suivre sont donc bien à leur place dans l'étude entreprise et contribueront, chacun pour leur part, à un ensemble déterminé; nous commencerons par le Calvados, voisin de la Manche, le dernier département examiné en 1903.

CALVADOS (ÉTATS 1897 ET 1900).

Le département du Calvados, qui, comme la Manche, est un des vingt-sept départements maritimes de la France, est caractérisé, au point de vue hydrographique, par

---

[1] On trouve exactement pour le Calvados, en 1897 : 246 communes ayant 1 usine; 22 en ayant 2; 47 avec 3, 4 ou 5; 3 avec 6, 7 ou 9; enfin 3 à partir de 10. — Pareillement pour l'Eure, en 1892 : 88 communes ayant 1 usine; 43 avec 2; 80 avec 3, 4 ou 5; 15 avec 6, 7, 8 ou 9; enfin 7 à partir de 10. Dans ce dernier département, les forces hydrauliques sont donc plus resserrées que dans le premier; c'est aussi visible sur les cartes.

[2] Au 31 décembre 1904, six départements sur les huit étaient rentrés : l'Eure avec 552 fiches, l'Eure-et-Loir avec 367; le Calvados avec 466; l'Orne avec 500; le Maine-et-Loire avec 403 et la Sarthe avec 680. La Manche à elle seule apportera au moins 600 fiches (sur les cours d'eau non navigables seulement; les autres atteignent le chiffre de 184 fiches, car elles sont toutes rentrées).

cinq cours d'eau principaux, dont la direction générale est du sud au nord. Le plus important, l'Orne, l'avait même, au début, fait dénommer département de l'Orne-Inférieure.

Avec un parcours de 73 kilomètres dans le département même qui nous occupe, on attribue à cette rivière 13,000 litres par seconde en eaux moyennes[1]. La Touques vient la seconde avec 5,300 litres et 31 kilomètres; la Dives suit avec 4,800 litres et 31 kilomètres; enfin, la Seulles et l'Aure ont respectivement 2,000 litres et 60 kilomètres, 1,800 litres et 79 kilomètres. La Vire a la plus grande partie de son cours dans le département de la Manche, sans quoi elle tiendrait le meilleur rang. A remarquer que si, de même que l'Aure, elle obéit pour commencer à la direction générale des rivières précédentes, toutes deux sont rejetées brusquement et à angle droit vers l'ouest : les falaises élevées de la côte, suite des roches de Grandcamp, ne doivent pas être étrangères à cette modification pour l'Aure, qui se décide à longer le littoral avant de rejoindre l'estuaire de la Vire. Les contreforts du mont Pinçon, à l'altitude de 359 mètres signalée tout à l'heure, ont de même barré la route à la Vire, mais après 11 kilomètres à vol d'oiseau, elle sort du département et ne varie plus sa direction nord jusqu'à la mer. J'ai cru intéressant de rappeler sur la carte les nombreuses écluses de la Vire navigable dans le département de la Manche, rachetant, pour ainsi dire, le phénomène naturel dont la cause est dans le Calvados. On trouve encore là une confirmation des liens invoqués précédemment de ne pas se borner à une étude abstraite d'un seul département.

La nature géologique du sol exerçant tout aussi bien que le climat une grande influence sur le régime des rivières, puisque c'est le tapis sur lequel elles s'épandent, il ne faudra pas s'étonner de ne trouver dans la partie du plateau crayeux qui s'étend de l'Orne à la Dives que de rares affluents aux rivières principales, encaissées elles-mêmes dans des vallées resserrées, mais ces eaux courantes seront alors plus abondantes et fort régulières; telles sont la Calonne et l'Orbec. Dans une deuxième partie, la plaine de Caen, le calcaire domine, le pays est encore moins accidenté et compte peu de chutes d'eau. Tout au contraire, la portion du Calvados la plus à l'ouest, connue aussi sous le nom de Bocage, emprunte son caractère particulier aux granits, grès rouges, schistes[2], qui jettent jusqu'à la surface du sol de grands rochers fendus pour permettre l'écoulement de rivières aux cours tourmentés; c'est là que nous relèverons les plus belles chutes d'eau.

La force utilisable des cours d'eau dont nous venons de donner un aperçu rapide et de leurs affluents peut être évaluée, pour le Calvados, à 9,500 chevaux; trois états, portant les dates de 1863, 1897 et 1900, donnent les utilisations portées au tableau suivant. La carte est basée sur la comparaison entre ces deux derniers états. (Pl. II.)

	1863.	1897.	1900.
Moulins à blé	520	595	294
Industries textiles et annexes	139	93	28
Papeteries	14	8	3

[1] Les chiffres donnés pour les longueurs sont toujours ceux de la partie non navigable, et les débits également ceux attribués avant l'origine de la navigation; nous verrons par la suite que, pour le Calvados, on ne peut envisager la création d'aucun barrage sur les parties navigables de ces rivières.

[2] Il y a même dans la commune de Saint-Rémy, à 5 kilomètres de Tury-Harcourt, une mine de fer réputée pour la qualité de ses minerais et actuellement en pleine exploitation.

M. Henri Bresson.

3

	1863.	1897.	1900.
Scieries de bois.	5	29	22
Moulins à tan.	16	32	23
Huileries.	37	10	"
Divers.	67	52	61
Totaux. . . . . , ...	855	647	443

Il en découle que les moulins à blé, les scieries et les moulins à tan ont eu, de 1863 à 1897, une progression qui ne s'est pas maintenue; les filatures décroissent toujours de plus en plus et finissent par être réduites au cinquième de leur nombre; les papeteries passent de 14 à 3 et les huileries tombent à zéro; pour ces dernières, nous en avons donné un motif bien probable, en traitant la Manche.

En opposition à ces anciennes utilisations et à ces trop nombreux cas d'abandon, nous trouvons dans le Calvados 8 établissements utilisant des chutes d'eau pour la production de l'énergie électrique :

1° *Vire*, sous-préfecture de 6,600 habitants, possède une usine hydro-électrique depuis 1893; en réunissant trois chutes assez voisines entre elles et peu éloignées de la ville, on a obtenu une chute totale de 12 mètres, actionnant une turbine. Outre l'éclairage des particuliers, atteignant une moyenne de 3,000 lampes en service sur 9,000 posées, la canalisation aérienne distribue, le jour, l'énergie à un certain nombre de moteurs disséminés dans toute la ville; malgré la présence d'accumulateurs emmagasinant jour et nuit tout supplément de courant non utilisé, on a renforcé cette première usine d'une seconde également hydraulique, située à 1 kilomètre de distance, mais sur la Virène, affluent de la Vire; le courant en provient à 300 volts et est également réparti sur les deux ponts de la distribution. Cet ensemble est complété par une machine à vapeur de secours, mais certains hivers, particulièrement favorables, on n'y a pas recours du tout.

Comme pour le Lude [1], je crois intéressant de donner l'emploi et la force des seize moteurs qui disposent d'un fil spécial et jusqu'à l'approche de la nuit seulement : deux de 6 chevaux servent à un charpentier et à un menuisier, qui ont naturellement les machines-outils perfectionnées, dégauchisseuses, raboteuses, etc.; deux de 3 chevaux sont établis chez un carrossier et un fondeur en cuivre (pour actionner des ventilateurs); les autres, de 1 cheval et moins, sont dans une imprimerie, chez deux couteliers, chez un fabricant de parapluies, chez un pâtissier et dans une fabrique d'eau gazeuse. Enfin, le gaz n'ayant pas atteint les faubourgs, l'électricité pourvoit à l'éclairage des rues par 50 lampes électriques.

2° *Autour de Vire* : Une filature importante, avec ses annexes, utilisait trois chutes successives sur la Vire, mais le travail n'était pas toujours en proportion avec l'énergie disponible dans les trois usines; elles furent réunies par une canalisation électrique aérienne. En hiver, époque des grandes eaux, les deux usines extrêmes envoient leur supplément d'énergie à l'usine centrale; en été au contraire, celle-ci, dotée d'une machine à vapeur, vient en aide aux deux précédentes par le même moyen, et ces

[1] Voir la carte de la Sarthe, fascicule 29, p. 184; 32 moteurs d'industries diverses.

inversions de transport se produisent même instantanément, sans aucune manœuvre, par l'intermédiaire des trois dynamos, qui sont tantôt réceptrices, tantôt génératrices.

Sur les six établissements hydrauliques voisins, tous pourvus de l'électricité, l'un d'eux, adonné à la bonneterie, comprenant le travail des bas, chaussettes, gilets en tricots, utilise aussi le courant pour dix fers à repasser; quoique possédant des accumulateurs, il est relié à la station centrale de Vire, à laquelle il emprunte le complément de force nécessaire, selon les saisons ou selon l'importance imprévue des commandes; il a pu ainsi faire l'économie d'une machine à vapeur et de tous ses impedimenta.

4° et 5° *Thury-Harcourt* et *Aunay-sur-Odon*. La station centrale qui dessert ces deux localités a subi, en peu de temps, une transformation dont les photographies produites (pl. III)[1] donneront une juste idée. Au début, la force hydraulique du barrage sur l'Orne (fig. 1), présentant une chute de 1 m. 70, n'était utilisée que par une roue Sagebien, développant une force de 30 chevaux; elle actionnait, par un système encombrant de transmission, deux dynamos pour la distribution à trois fils de Thury-Harcourt seulement (fig. 2). Actuellement la distribution est due à une dynamo unique à 110 volts (fig. 3) et outre l'éclairage de 40 réverbères publics et des 230 lampes des particuliers, elle permet de céder de l'énergie à sept moteurs en ville : trois de 3 à 12 chevaux dans des beurreries, deux dans un atelier de menuisier, deux chez des boulangers; il y a un poste des accumulateurs seulement.

L'expérience ayant appris à Thury-Harcourt que pour l'usage de l'électricité, dont la consommation, en tant qu'éclairage, progresse avec les débits, on pouvait établir sur ce même barrage une seconde roue, on lui a confié la conduite d'un alternateur à 5,000 volts (fig. 4) qui dessert Aunay-sur-Odon, chef-lieu de canton de 1,800 habitants, situé cependant à 14 kilomètres de Thury-Harcourt; le courant, abaissé à 120 volts, alimente les 32 lampes publiques et les 150 lampes des abonnés. C'est la plus grande distance franchie jusqu'à présent dans la région qui nous occupe et ce bel exemple ouvre un large horizon aux forces hydrauliques en chômage, disposant de 25 à 30 chevaux, et jadis estimées inutilisables par suite de l'éloignement du centre d'utilisation.

6° *Mézidon* chef-lieu de canton de 1,200 habitants, est une bifurcation importante de la Compagnie de l'Ouest; pour alimenter les réservoirs d'eau destinés aux locomotives, on a employé la force hydraulique d'une filature, fermée depuis environ vingt-cinq ans, située à 1,800 mètres de la station, sur la Dives. Les heures de cet approvisionnement étant laissées au choix du concessionnaire, il employa, dès 1895, la turbine de 24 chevaux pour l'éclairage électrique, composé de 35 lampes publiques et de 270 lampes particulières; pas d'accumulateurs, mais un moteur de secours à alcool de 18 chevaux, qui est rarement utilisé, plutôt aux époques de grandes crues.

7° et 8° Deux stations centrales du Calvados utilisent encore des forces hydrauliques, mais plutôt à titre de secours, la machine à vapeur jouant le principal rôle en présence d'agglomérations importantes; les turbines sont affectées à la charge des accumulateurs,

---

[1] J'ai pris les vues 1 et 2 en septembre 1902; les vues 3 et 4 en septembre 1904.

et s'en acquittent sans répit : ces cas se présentent à *Orbec* où, de jour, la force hydraulique sert simultanément à une scierie, et à *Falaise* où l'on emploie même deux chutes consécutives; dans cette dernière, neuf moteurs sont établis en ville.

Dans la commune de Saint-Jacques-de-Lisieux, une autre transformation mérite notre attention. Un ancien moulin à foulon a été converti en cidrerie et la force hydraulique prend à cette fabrication une part plus importante qu'on le peut supposer; dès l'arrivée, les sacs de pommes sont élevés par un monte-charge dans de vastes greniers; après avoir traversé une laveuse mécanique, celles-ci tombent sur un grugeoir perfectionné, ne faisant pas moins de 1,200 tours par minute; naturellement les presses sont hydrauliques; puis tous les transports du liquide et les soutirages se feront par des pompes toujours actionnées par l'unique roue de l'usine. L'éclairage de cet établissement, dont le travail important se rapproche donc d'une minoterie, est assuré par 90 lampes électriques; aucun moteur auxiliaire, l'eau suffit.

Deux autres cidreries voisines, également sur l'Orbec, ont copié ce bon exemple, car le cidre de la vallée d'Auge jouit d'une réputation bien connue; toutes deux ont encore l'éclairage électrique et l'une d'elles a même recours, pour toutes ces opérations, à un transport d'énergie d'une chute d'eau éloignée de 600 mètres.

Les cas des usines hydrauliques, appropriées à des industries variées et utilisant l'eau pour la production de leur éclairage électrique particulier, sont déjà très nombreux dans le Calvados, mais cet examen nous entraînerait trop loin; il pourra faire l'objet d'une étude ultérieure. Mais il faut constater tout de suite que ces établissements, quelle que soit l'industrie exercée, dans lesquelles une clarté équivalente à celle du jour peut se continuer par la manœuvre d'un simple interrupteur, sont bien armés pour continuer le travail et tenir leur place dans la lutte économique.

Jusqu'à présent, il n'a été question que des rivières non navigables ni flottables; or, si l'origine de la Vire navigable est dans le Calvados, elle n'y compte qu'une seule écluse; la chute est assez faiblement utilisée par un moulin à blé, en activité en 1900, qui n'élèverait que d'une unité le nombre des usines hydrauliques du Calvados, soit 444. L'Orne, la Dives, la Touques, dans leurs parties navigables, offrent des pentes beaucoup trop faibles pour laisser envisager des emplois avantageux; sur cette dernière seule, on trouverait peut-être 150 chevaux, bien que des digues de 2 m. 50 soient déjà établies pour préserver les herbages contre les crues de l'hiver. On peut donc considérer les forces hydrauliques du Calvados, de même que celles de l'Orne et de l'Eure-et-Loir, comme uniquement constituées par les cours d'eau non navigables ni flottables.

EURE (ÉTATS DE 1892 ET 1900).

En ce qui concerne la répartition des usines hydrauliques, on constate un fort grand contraste entre l'Eure et le Calvados (pl. II, fig. 2 et 3); il le serait encore davantage en comparant l'Eure avec les départements de l'Orne, de la Sarthe ou de la Manche; l'aspect général est, au contraire, celui de l'Eure-et-Loir, car l'influence de la Beauce se fait déjà sentir. Mêmes plateaux coupés par de profondes vallées, dont le fond est sillonné par des rivières presque sans affluents, mais toutes d'une certaine puissance; les chutes d'eau se presseront en une succession presque ininterrompue. Ces rivières sont : la Rille, qui, avec un développement de 104 kilomètres dans le département, présente un débit de 11,200 litres par seconde en eaux moyennes, en aval du dernier barrage; la Charentonne, son affluent, avec 44 kilomètres, débite 3,000 litres; l'Eure se déroule sur 81 kilomètres et débite 10,000 litres; ses affluents principaux sont l'Avre, avec 53 kilomètres et 4,000 litres, et l'Iton, avec 133 kilomètres et 3,500 litres. Puis, au nord de la Seine, dont deux grands lacets serpentent dans le département même qui nous occupe, on trouve encore l'Epte avec 50 kilomètres de cours et 4,500 litres de débit, et l'Andelle avec 25 kilomètres et 5,200 litres.

Les grands plateaux qui séparent ces vallées sont souvent boisés, et si nous avions pu attribuer 87,000 hectares de forêts au département de la Sarthe, et faire déjà ressortir tout l'avantage qui en résulte pour la régularité des cours d'eau, celui de l'Eure ne compte pas moins de 113,000 hectares, répartis en treize importantes forêts; le point culminant du département, 241 mètres d'altitude, signalé au début de cette étude, se trouve à proximité de l'entrée de la Charentonne dans le département; cependant la carte nous signale encore des hauteurs dépassant 100 mètres, assez près de l'estuaire de la Seine et sur les rives de celle-ci à Poses.

La succession des usines hydrauliques est *presque* ininterrompue, ai-je dit, et, en effet, toutes les rivières, dans la partie Ouest du département, traversent une zone de terrains tellement perméables qu'elles disparaissent, en été, entièrement sous le sol; de ce nombre sont la Rille, le Sommaire, l'Avre et l'Iton, qui, à l'époque de l'étiage, laisse même un lit absolument sec pendant plus de 6 kilomètres. Naturellement, la consistance des usines hydrauliques suit la même fluctuation, s'affaiblissant au fur et à mesure de la fréquence des pertes ou bétoires, jusqu'à manquer complètement, mais elles reprendront toujours avec des consistances sensiblement supérieures à toutes les précédentes lorsque la rivière revient au jour. Cette réapparition se produit généralement en une seule de ces sources profondes, appelées *fontaines* dans la contrée, et avec un volume d'eau plus considérable que celui observé au lieu de la première perte. Il n'est donc pas permis de douter d'affluents souterrains; ainsi lors de la réapparition de l'Iton, au flanc d'un coteau pittoresque, son débit s'est accru de 1,000 litres à la seconde. Des chiffres témoigneront de cet état : la moyenne des forces utilisables des premières usines sur l'Iton, à son entrée dans le département, est de 12 chevaux; près des pertes elle tombe à 2, et à la réapparition, cette moyenne est de 20 chevaux. D'importants travaux ont été tentés pour remédier à cet état de choses; leur succès semble rester incertain. Nous ne pouvons omettre de mentionner ici que le captage par des villes de ces sources profondes, équivalentes à de vraies rivières, a donné lieu fréquemment à de vives contestations; ce sujet nous entraînerait en dehors du but poursuivi, mais il convient de constater que les conséquences en sont des plus néfastes pour les forces hydrauliques, même souvent encore fort loin en aval du lieu du préjudice. Cette remarque est loin d'être inopportune après avoir produit les chiffres précédents sur les débits des cours d'eau, chiffres que nous ne pouvons donner que sous cette réserve.

A part la Rille, qui gagne directement l'estuaire de la Seine, toutes les autres rivières ci-dessus nommées font partie du bassin de ce fleuve; celui-ci même ne présente pour ainsi dire pas de ressources hydrauliques; les basses eaux d'été et les crues de l'hiver en sont, indépendamment de la faible pente, les principales causes. Des deux barrages avec écluses établis sur la Seine, dans le département de l'Eure, en vue d'améliorer la navigation, l'un d'eux présente un exemple hydro-électrique d'un certain intérêt et nous le retrouverons en examinant ce genre d'utilisation; l'autre, le barrage de Notre - Dame - de - la - Garenne, avec une chute de 2 m. 50, n'a jamais compté d'emploi.

Il ne faut pas oublier que, sur cette partie de la Seine, la navigation est fort intense et que la manœuvre des écluses absorbe un volume d'eau qui doit être prélevé en premier lieu.

Par contre, la courte partie de l'Eure navigable entre Louviers et la Seine (pl. II, fig. 2), sur 10 kilomètres, ne compte pas moins de vingt-six usines hydrauliques, atteignant une force utilisable de 1,100 chevaux. Elles sont réparties entre les trois barrages et surtout groupées autour de Louviers, traversé par plusieurs bras de cette rivière; la chute la plus élevée est de 2 m. 50 et la plus basse, de 0 m. 65. Trois de ces établissements seulement étaient en chômage en 1900.

La force utilisable de tout le département, y compris le cours d'eau navigable de l'Eure, peut être évaluée à 18,000 chevaux; trois états à consulter portent les dates de 1861, 1892 et 1900; la carte présentée est basée sur la comparaison entre les deux derniers et le tableau ci-dessous donne l'utilisation des diverses usines sur les cours d'eau non navigables ni flottables, les dates n'étant pas les mêmes pour les autres :

	1892.	1900.
Moulins à blé	345	210
Industries textiles et annexes	160	80
Papeteries	13	6
Scieries de bois	35	23
Moulins à tan	18	10
Huileries	6	1
Traitements des métaux	67	43
Divers [1]	85	65
TOTAUX	729	438

Passons maintenant aux exemples hydro-électriques; leur nombre est si grand qu'un tableau les eût présentés plus sommairement, mais chacun d'eux ayant son caractère particulier et la diversité des industries qui peut s'allier à la production de cette récente énergie est telle, qu'une notice aussi brève que possible m'a paru nécessaire dans chaque cas, me bornant à une formule identique pour l'usage de l'électricité, lorsqu'elle ne concernait que l'éclairage. J'ai adopté cette fois-ci l'ordre de succession sur les rivières, les descendant vers leur embouchure.

1ᵉʳ GROUPE. — La Rille et affluents.

1° Rugles, chef-lieu de canton de 1,800 habitants; éclairage électrique depuis 1895 52 lampes publiques, 300 lampes particulières à 110 volts; accumulateurs, machine à vapeur de 30 chevaux.

---

[1] En 1900, on ne distingue pas moins de 83 catégories d'industries diverses : fabriques de rubans, lacets, chaussons, galoches, talons de bois, casquettes, peignes en corne et celluloïd, jouets d'enfants, instruments de musique, objets de pansement, etc.

La force hydraulique de 15 chevaux environ sur la Rille (car cette rivière est déjà affaiblie par les premières pertes que j'ai signalées plus haut) est employée, le jour, dans une fabrique de dés et de roulettes.

2° *La Ferrière-sur-Rille*, commune de 300 habitants; éclairage électrique depuis 1904, 20 lampes publiques, 800 lampes particulières à 110 volts; accumulateurs.

La chute hydraulique de 4 mètres n'a que cette utilisation, mais, outre l'éclairage qui s'est très rapidement développé, le courant actionne quelques moteurs : pompes d'épuisement dans deux tanneries, malaxeurs pour le beurre, corderie, meules à aiguiser.

3° *Beaumont-le-Roger*, chef-lieu de canton de 1,900 habitants; éclairage électrique depuis 1893, 52 lampes publiques, 1,300 lampes particulières à 110 volts; accumulateurs importants pour distribution à trois fils, machine à vapeur de 50 chevaux.

La Rille a repris toute sa force et c'est une minoterie importante qui a cette entreprise; les 40 chevaux, résultant de l'emploi de deux roues hydrauliques, sont ainsi employés sans discontinuité.

4° *Pont-Authou*, commune de 448 habitants; éclairage électrique depuis 1903, 10 lampes publiques, 30 lampes particulières à 115 volts.

Sous une puissante chute de 1 m. 80, la Rille a permis l'établissement de trois turbines développant une force totale de 90 chevaux, utilisés jour et nuit dans une fibrerie de bois, sous la simple surveillance de cinq ouvriers ; on entend par fibre de bois cet emballage fort répandu maintenant pour les objets délicats et aussi pour l'exportation des fruits; les bois employés sont les sapins, peupliers et généralement tous les bois blancs, faciles à trouver dans les forêts voisines.

5° *Montfort-sur-Rille*, chef-lieu de canton de 600 habitants, n'est séparé que par la Rille de *Saint-Philbert*, commune de 1,000 habitants; éclairage commun par l'électricité depuis 1884 (donc une des premières stations centrales de la contrée); 12 lampes publiques, 400 lampes particulières à 110 volts; accumulateurs.

Cet établissement comprend en outre une scierie et un atelier de construction de charpentes; bien que n'ayant droit qu'au quart du débit total de la Rille, le reste revenant à une filature, il n'a recours à aucune machine à vapeur; la force hydraulique de la chute de 2 mètres est recueillie simultanément par une roue Sagebien de 12 chevaux et une turbine de 8 chevaux; du reste scies et dynamos ont besoin l'une et l'autre de grande vitesse.

6° *Pont-Audemer*, sous-préfecture de 6,000 habitants; éclairage électrique depuis 1896, 500 lampes publiques, 4,000 lampes particulières à 110 volts; accumulateurs et moteur de secours au gaz pauvre.

C'est la dernière chute utilisée ainsi sur la Rille avant l'origine de la navigation, et elle n'a que 1 mètre de hauteur, mais le débit de plus en plus important de cette rivière a permis l'usage de deux roues Sagebien de 3 et 4 mètres de largeur. Sur le même circuit que l'éclairage on a établi seize moteurs : le plus important, de 8 chevaux, renforce à 400 mètres la force hydraulique d'un meunier; trois tanneries emploient quatre moteurs de 2 et 7 chevaux pour leurs pompes, puis viennent un moteur dans une cidrerie, trois dans des fabriques de colle, de chaux et d'agglomérés de ciment; cinq autres plus faibles sont chez un charcutier, dans un café, chez des imprimeurs, et le dernier actionne un aplatisseur d'avoine dans une entreprise de transports.

7° et 8° Deux propriétaires, près de Pont-Audemer, utilisent des forces hydrauliques dans des situations assez différentes : au *château de Tourville*, on a pu, par un canal de dérivation, provoquer une chute de 11 mètres sur la Sebec; ce fait dépeint bien le caractère des vallées de cette région, aux flancs de coteaux escarpés, bien que voisins du littoral. Le résultat se traduit par 250 lampes dans le château, les dépendances et la ferme voisine qui a même deux moteurs électriques de 4 et 6 chevaux pour laiterie, coupe-racines, hache-paille, etc.; le tout, y compris une batterie d'accumulateurs, fonctionne heureusement depuis 1898. Non loin et depuis 1892, *le château de Toutainville*, bien que ne disposant que d'une chute de 1 m. 50 sur la Corbie, tire parti, grâce à des accumulateurs encore, des 7 chevaux qui en résultent pour l'entretien de 60 lampes installées.

9° *Cormeilles*, chef-lieu de canton de 1,200 habitants; éclairage électrique depuis 1890; 45 lampes publiques, 500 lampes particulières à 110 volts; accumulateurs.

Cette petite usine, ancien moulin à blé, en plein centre de la localité, alimente encore le réservoir d'eau du chemin de fer économique qui relie cette ville à la ligne de l'Ouest. La Calonne n'offre en ce point qu'une chute de 1 m. 10 et sa source n'est pas très éloignée, mais c'est un de ces cours d'eau au débit fort régulier que j'ai signalés.

2ᵉ GROUPE. — *L'Eure et l'Iton.*

10° *Le Vaudreuil*, 1,700 habitants en deux agglomérations; éclairage électrique depuis 1895, 15 lampes publiques à 120 volts.

Un des trois barrages de l'Eure navigable, chute de 1 m. 75; outre deux établissements voisins qui ont une part de la force hydraulique totale, une fabrique de drap, dont le travail se poursuit toute la nuit, assure ce service communal sans l'aide d'accumulateurs.

11° *Léry*, commune de 1,000 habitants; éclairage électrique depuis 1888, 25 lampes publiques, 300 lampes particulières à 125 volts; accumulateurs.

Dernier barrage avant l'embouchure de l'Eure dans la Seine; on a réuni trois établissements en un seul et, en rapprochant celui-ci de l'écluse, on a élevé la chute de 2 m. 05 à 2 m. 90, ce qui a permis d'établir trois turbines de 150 chevaux chacune, en vue d'employer toutes les grandes eaux de l'hiver. Sans l'aide d'aucune machine à vapeur, cette usine consacre cette énergie, qui peut atteindre 450 chevaux, à la préparation de la pâte à papier et peut à peine suffire aux demandes des papeteries voisines auxquelles elle l'expédie dans cet état; celles-ci parachèvent le travail; ne provenant que de bois de tremble, dont une partie arrive de Norvège, ce papier est déjà considéré comme papier de luxe.

12° *Le château de Condé-sur-Iton*, quoique ne disposant que d'une partie du cours de l'Iton (voir la carte -- bras forcé de Verneuil), a utilisé les anciennes forces hydrauliques des hauts fourneaux de Condé, remontant à l'époque romaine [1], pour son éclairage électrique et ses besoins d'élévation d'eau, depuis 1880. Deux usines successives, pourvues seulement de roues et reliées par une ligne aérienne de près de 1 kilomètre, assurent le courant nécessaire à 400 lampes; accumulateurs et machine à vapeur de secours.

13° *Les usines de Navarre*, au contraire, jouissent du débit complet de l'Iton après sa réapparition et l'usage judicieux qu'elles en font est un des meilleurs exemples que nous ayons à relever dans la contrée. Situés tout près d'Évreux, ces importants établissements n'occupant pas moins de 300 ouvriers et ouvrières sont affectés à la fabrication d'un grand nombre de petits objets en cuivre, en nickel, etc.

Ils employaient déjà sur place une chute de 1 m. 60, renforcée d'une puissante machine à vapeur; en 1902, on prenait le parti d'utiliser la force hydraulique immédiatement en amont, à 500 mètres d'une papeterie fermée depuis plus de quinze ans. Une partie des bâtiments seulement fut restaurée pour abriter deux turbines pouvant développer ensemble une force de 115 chevaux sous une chute de 3 m. 15, et un alternateur triphasé de 120 ampères à 500 volts (pl. III, fig. 5). A l'usine principale, deux réceptrices reçoivent le courant ainsi produit : l'une actionne, par l'intermédiaire d'une courroie, une autre dynamo à courant continu à 110 volts pour l'éclairage des ateliers et des cours; l'autre ajoute son énergie à celle dont disposait déjà sur place cet établissement.

14° *Saint-Elier*. — La dernière photographie produite (pl. III, fig. 6) représente encore la dynamo génératrice de la réunion par l'électricité de deux chutes d'eau voisines. Cet exemple est peut-être encore plus probant que le précédent pour la thèse hydro-électrique soutenue ici et il en est aussi une conséquence; plus probant, car la force hydraulique employée n'est que de *8 chevaux !* Une conséquence, car le simple meunier de Saint-Elier, petite commune perdue à 3 kilomètres de Conches, y a été amené, en voyant l'initiative de son puissant voisin d'Évreux. On ne peut donc que gagner à la bien faire connaître [2] et la rusticité de cette installation électrique est bien faite pour nous surprendre : dans un coin de l'ancien moulin, entre la couchette du garde-moulin et les organes de transmission de la roue aux cylindres (et ils sont au nombre de trois maintenant) on est parvenu à loger tout juste la réceptrice et le tableau de contrôle; ce dernier comprend la résistance de démarrage du moteur et

---

[1] *Histoire de Laigle et de ses environs*, par M. Vaugeois. — On constate encore actuellement la présence de monticules élevés de scories et les fouilles pratiquées mettent encore à jour des pièces de monnaies romaines.

[2] Un meunier de la Marne va suivre cet exemple; il n'a pas craint de faire le voyage de Conches et, rentré chez lui convaincu, a loué pour vingt-cinq ans avec promesse de vente le moulin voisin du sien à 400 mètres; il vient de passer le marché pour la partie hydraulique, une turbine, et la reproduction complète du modèle, transport d'énergie et éclairage, sera terminée dans le courant de l'année.

aussi, grâce à un troisième fil de la ligne, la résistance d'excitation de la dynamo qui envoie le courant des 480 mètres de là ; on peut donc en régler la marche sans se déranger, et comme la roue du moulin aval, dit *de Berville*, est pourvue d'un très bon régulateur de vitesse, on marche sans arrêt et souvent même sans avoir à retourner à la petite usine hydro-électrique du lundi matin au samedi soir ; le voltage est à 210 volts et la perte en ligne estimée à 2 chevaux environ. Autre conséquence prévue, l'expérience a appris au meunier qu'il pouvait, sans se priver de l'énergie nécessaire à son travail, avoir un éclairage gratuit et abondant et il vient de faire installer 28 lampes électriques pour les deux moulins et son habitation.

3ᵉ Groupe. — *La Seine.*

15° *Poses.* — Puisqu'il s'agit ici d'une statistique et plus spécialement de rechercher par département les emplois de l'eau à la production de l'énergie électrique, on ne peut omettre un exemple aussi parfait que celui des écluses de Poses, sur la Seine, un des plus beaux et des plus imposants travaux hydrauliques de l'Ouest de la France, entrepris et exécuté par l'État. De nombreuses descriptions en ont été données par de plus compétents que moi [1] et je me bornerai à rappeler qu'à ce barrage, dont la hauteur de chute est de 4 m. 50 en basses eaux, un petit pavillon, situé à l'extrémité de la séparation de deux des trois grandes écluses existantes, abrite une turbine et deux dynamos à 280 volts; d'importants accumulateurs emmagasinent le courant produit, qui est ainsi toujours disponible pour les moteurs fixes de toutes les manœuvres des écluses, ainsi que pour les moteurs mobiles, qui, roulant sur un Decauville, relèveront, aux époques des crues, les rideaux articulés du barrage, immenses pièces en fer de 12 mètres de hauteur. Tout cet ouvrage qui se développe sur les 250 mètres de largeur du fleuve est éclairé à l'électricité. En présence de ces faits, on est frappé de la puissance de l'énergie électrique cachée pour ainsi dire sous des apparences aussi modestes et aussi du minime réduit hydraulique qui provoquera tous ces effets.

16° *Les Andelys,* sous-préfecture de 5,700 habitants; éclairage électrique depuis 1897, 2,500 lampes particulières à 110 volts (l'éclairage public étant assuré par une usine à gaz); accumulateurs et machine à vapeur de secours.

La force hydraulique est constituée par deux chutes successives de 8 chevaux environ sur le Gambon; toute l'électricité ainsi produite se ramasse dans les accumulateurs quand elle n'actionne pas les appareils de la tannerie, qui a entrepris l'éclairage électrique; la distribution profite encore en ville à 5 moteurs de petite industrie : un de 8 chevaux chez un menuisier; un chez un coutelier, deux chez des charcutiers et le dernier pour une pompe élévatoire dans un hospice; les déchets de la tannerie servent encore à activer le feu de la machine à vapeur.

17° *Lyons-la-Forêt,* chef-lieu de canton de 1,150 habitants; éclairage électrique depuis 1897, 17 lampes publiques, 400 lampes particulières à 110 volts; accumulateurs seulement.

[1] Entre autres : *La Nature* du 14 décembre 1901, article accompagné de gravures.

La chute de 3 m. 25 sur la Lieurre, bien qu'une des dernières en amont, donne 12 chevaux, mais entretenus dans une bonne régularité par la grande forêt de Lyons; c'était encore avant sa transformation en usine hydro-électrique un moulin à blé fermé depuis vingt ans.

18° *Gisors* offre un cas analogue à ceux de Falaise et d'Orbec dans le Calvados, mais la force hydraulique sur l'Epte de 20 chevaux dus à une chute de 0 m. 80 était en chômage *depuis quatre-vingt-un ans!* (1823). L'usine électrique, qui cumule cet éclairage avec l'industrie du gaz, l'emploie actuellement pour remplacer la batterie d'accumulateurs d'un entretien toujours coûteux et comme il y a aussi plusieurs moteurs industriels sur la distribution, la force hydraulique ne chôme pas plus le jour que la nuit.

19° et 20° *Autour de Gisors.* — Une autre application de l'électricité a été faite fort anciennement (1886) avec une force hydraulique de 6 chevaux sur le Réveillon, petit affluent de l'Epte. Après avoir contribué à la fabrication même de cafetières de toutes les dimensions, la roue actionne encore une dynamo à bas voltages (5 volts) pour le nickelage des objets fabriqués; une autre dynamo à 110 volts assure l'éclairage.

Non loin, dans la commune de *Chauvaincourt*, c'est un cultivateur qui utilise, dans sa ferme depuis 1897, un moulin à blé fermé depuis dix ans, situé à 500 mètres de chez lui. Le courant électrique à 110 volts actionne, par l'intermédiaire de trois moteurs, une machine à battre le grain, un coupe-betteraves, un brise-tourteau, un aplatisseur de graines et un grugeoir; l'éclairage est assuré par 30 lampes électriques.

Il nous reste à examiner et à expliquer deux bizarres cas portés sur la carte, car ils sont, en quelque sorte, à cheval sur les limites des départements voisins.

4ᵉ GROUPE. — *Établissements communs à deux départements.*

Saussay, a été l'objet d'une description antérieure[1]; l'usine hydraulique, alors adonnée à l'électrolyse, est en effet dans l'Eure-et-Loir, mais par le fait du barrage qui a droit d'appui dans le département qui nous occupe et toute l'énergie y étant utilisée, il y a lieu d'y revenir; du reste, la transformation a été aussi rapide que curieuse.

Le terme d'usine hydro-électrique est resté propre, mais la turbine hydraulique de 75 chevaux a été renforcée par trois moteurs au gaz pauvre de 100 chevaux chacun. Deux alternateurs triphasés à 5,600 volts desservent, par l'intermédiaire de transformateurs statiques, abaissant le courant à 220 volts, les communes suivantes :

Ivry-la-Bataille, 1,000 habitants, à 6 kilomètres, 23 moteurs de petites industries de 1 à 11 chevaux, 60 lampes publiques et 2,500 lampes particulières et dans de nombreux ateliers; *La Couture-Boussey*, 800 habitants, à 5 kilom. 500, 25 moteurs de 1 à 5 chevaux, 30 lampes publiques et 1,000 lampes particulières; *L'Habit*, 280 habitants, à 4 kilom. 500, 25 moteurs et 1,000 lampes particulières; enfin, *Bois-le-Roy*, 470 habitants, et *Croth*, 503 habitants, sont en cours d'installation.

---

[1] Fascicule 29, page 182; 1° Saussay (Eure-et-Loir)

Toutes ces communes sont portées sur la carte ; on constatera encore que c'est une heureuse tentative de la reconstitution de l'atelier familial, avec toutes les conséquences économiques et sociales qui en découlent ; les principales petites industries familiales qui profitent de cette distribution sont : la fabrication de tous les objets en ivoire, corne ou celluloïd, des jouets, instruments de musique, etc.

La carte de l'Eure signale encore une distribution électrique sortant du département ; une chute de 28 mètres, toute voisine de l'estuaire de la Seine, sur la Jobbes, éclairait *Saint-Sauveur-la-Rivière*, chef-lieu de canton dans le Calvados. On a dépassé la disponibilité de l'eau, sans vouloir créer un bassin de réserve facile à établir dans cette gorge rocheuse et resserrée ou sans vouloir recourir aux accumulateurs ni à un moteur de secours auxiliaire, de sorte qu'après trois ans (1899 à 1902) de fonctionnement cette entreprise a périclité. C'est encore une leçon à retenir.

Nous n'entamerons pas plus pour l'Eure que pour le Calvados l'énumération des établissements industriels dans lesquels la dynamo pour l'éclairage électrique peut n'être considérée que comme un accessoire très avantageux ; ces exemples seraient encore plus nombreux que dans le département précédent, en présence du grand nombre des filatures relevées, établissements qui sont toujours amenés, pour éviter l'incendie, à prendre les plus grandes précautions.

MAINE-ET-LOIRE (ÉTATS 1862-1900).

Si la partie au nord de la Loire du département de Maine-et-Loire est un complément nécessaire au point de vue géographique et hydrographique à l'étude entreprise, elle n'apportera, on le prévoit bien, qu'un appoint assez faible hydraulique et par conséquent hydro-électrique.

On remarque tout d'abord en examinant la carte (pl. II, fig. 4) que toutes les eaux proviennent des départements directement au-dessus de Maine-et-Loire (Mayenne, Sarthe, Eure-et-Loir et plus haut encore moitié du versant sud du département de l'Orne) constituant ainsi un des grands bassins secondaires de celui de la Loire. Ce grand fleuve n'est susceptible d'aucun emploi hydraulique ; les crues, remontant la courte rivière du Maine, se font sentir jusque dans la Sarthe et l'époque la plus avantageuse pour la chute d'eau qui se trouve établie en ce point est la saison des basses eaux et par conséquent celle aussi des faibles débits. Ce fait caractérise bien le régime des vrais cours d'eau de plaine.

N'ayant traité que la moitié du département, je ne puis donner que comme mémoire et sans les faire figurer dans le tableau final les indications générales habituelles sur l'ensemble des forces hydrauliques du département : sur un total de 9,500 chevaux utilisables 4,600 seraient à attribuer aux rivières navigables et 4,900 aux cours d'eau non navigables ni flottables. Cette presque égalité, dont nous relevons le premier exemple, dénote encore bien la topographie de la contrée.

Pour le groupe des rivières navigables nous trouvons : 2,100 chevaux répartis entre les 8 écluses de la Mayenne ; la chute la plus élevée atteint 2 mètres produisant 612 chevaux dont 100 environ sont utilisés ; son affluent l'Oudon donnerait 180 chevaux pour ses 3 écluses. La Sarthe, sur une longueur de cours bien plus étendue, n'a nécessité pour la canalisation que la création de 4 écluses et la force utilisable en serait de 830 chevaux. Enfin, le Loir, avec 13 écluses, offrirait une ressource disponible de 1,200 chevaux. Comme utilisation de ce groupe, on compte : 34 minoteries, 1 papeterie, 1 huilerie, 1 tréfilerie et 1 fabrique d'accumulateurs; 4 établissements étaient en chômage en 1900. Sur la rive gauche de la Loire, un seul affluent, le Thouet, est navigable et n'apporterait dans la statistique présente qu'un appoint négligeable de 180 chevaux.

Au contraire, la division adoptée ferait à la moitié du département au sud de la Loire la plus belle part des usines hydrauliques sur les cours d'eau non navigables ni flottables : sur un total de 534 usines, 328 avec 3,900 chevaux commenceraient à s'étager sur les premières pentes que couronnera un nouveau massif montagneux, connu dans le Poitou sous le nom de *hauteurs de Gâtines*. Il resterait de ce côté-ci de la Loire 206 usines seulement avec environ 1,000 chevaux utilisables. A part 2 moulins à tan, 1 huilerie, 1 foulerie de drap, 2 moulins à chanvre et 1 utilisation pour un haut fourneau, toutes les autres sont affectées à la mouture des céréales, et continueraient bien ce travail, puisque en 1900 je ne relève que 47 cas de chômage.

Passons aux exemples hydro-électriques :

1° A *Cheffes*, près d'une des écluses de la Sarthe, donnant 200 chevaux sous une chute de 1 m. 30, une fabrique d'accumulateurs s'est établie depuis 1892, dans un ancien moulin fermé depuis quinze ans. Trois roues actionnent des dynamos dont le courant est employé à la fabrication des plaques, fabrication qui demande surtout des soins, de la lenteur même; naturellement éclairage de l'usine, le travail se poursuivant la nuit.

2° Le second est intéressant par sa modestie, car l'usine hydro-électrique établie au barrage de Matheflon, sur le Loir navigable, ne dispose que d'une chute de 0 m. 72; trois communes en profitent :

Matheflon, 250 habitants, 5 lampes publiques; *Seiches*, 270 habitants, 15 lampes publiques; *Suette*, 150 habitants, 4 lampes publiques; cette dernière localité étant à 2 kilomètres de l'usine on y a établi les accumulateurs jouant exactement le rôle d'un réservoir d'équilibre dans une distribution d'eau. Le voltage est à 110 et le courant alimente en outre 250 lampes particulières.

3° *Gouis*. — La force hydraulique de 60 chevaux du barrage éclusé du Loir est utilisée dans une papeterie conjointement avec une importante machine à vapeur; tout l'appareillage de l'usine est commandé électriquement et, en plus de l'éclairage, le courant dessert par trolley à 240 volts un tracteur reliant cette usine à la gare voisine distante de 500 mètres, pour tous les transports de la papeterie.

4° A *Villevêque*, la minoterie établie sur le barrage du Loir joint à son éclairage particulier de 15 lampes celui des 225 lampes du château de Soucelles, dépendances et ferme adjacente, à 1,400 mètres.

Ajoutons, pour terminer, deux minoteries sur la Sarthe navigable, au barrage de *Châteauneuf* et au barrage du *Pendu*, assurant leur éclairage électrique et le bilan hydro-électrique de Maine-et-Loire sera au complet.

Comme pour les cinq départements examinés dans l'article précédent, on peut présenter le résumé de l'étude poursuivie sous la forme d'un tableau et y reporter les données antérieures :

DÉPARTEMENTS.	TOTAL des USINES. 1	ACTIVITÉ en 1900. 2	CHÔMAGE en 1900. 3	USINES HYDRO-ÉLECTRIQUES. 4	FORCE UTILISABLE. 5
Calvados.....................	647	443	204	6	9,500
Eure........................	729	438	291	20	18,000
Totaux..................	1,376	881	495	26	27,500
Report de cinq départements.	4,148	2,728	1,420	24	54,800
Totaux généraux...........	5,524	3,609	1,915	50	82,300

Sur ces 50 usines hydro-électriques, nous relevons : 7 sous-préfectures, 22 chefs-lieux de canton, 6 communes; 8 propriétaires ont pris le parti d'utiliser, tant pour leur éclairage que pour usages domestiques ou agricoles, une ressource qui s'écoulait en pure perte; enfin, 7 établissements ont encore établi des emplois électriques divers ou des transports d'énergie.

Comme dates et dans l'ordre chronologique nous trouvons encore :

	USINES HYDRO-ÉLECTRIQUES.		USINES HYDRO-ÉLECTRIQUES.
1880................	3	1893......................	7
1881.......................	"	1894......................	2
1882.......................	"	1895......................	4
1883.......................	1	1896......................	1
1884.......................	2	1897......................	4
1885.......................	"	1898......................	7
1886.......................	"	1899......................	2
1887.......................	"	1900......................	1
1888.......................	1	1901......................	"
1889.......................	1	1902......................	2
1890.......................	1	1903......................	4
1891.......................	2	1904......................	2
1892.......................	3		

La progression est sensible pour les dernières de ces vingt-cinq années [1].

Nous avons déjà été amenés à donner, comme motif presque certain d'un très grand nombre de chômages, le coup porté aux petits moulins à blé par les minoteries; on peut même se demander comment un certain nombre d'entre eux ont pu résister à ce mouvement et, tout en convertissant leur matériel, se contenter souvent de forces aussi minimes que cette moyenne de 2 ou 3 chevaux. On peut trouver l'explication de ce

[1] 29 nouveaux exemples (villes, propriétaires ou transports d'énergie) me sont déjà connus, mais je n'ai encore aucune donnée sur eux; cette tâche est du reste toujours longue et délicate; ils portent vrai-semblablement tous sur les cinq dernières années pour lesquelles je n'avais eu que mes recherches per-sonnelles.

fait dans un terme encore usité dans bien des contrées : «le moulin de pratiques» par lequel on entend que la clientèle de ces petites usines hydrauliques y apporte ses céréales à moudre et vient en reprendre farine et son, l'un destiné au pain de ménage de la ferme, l'autre à l'élevage du bétail. Cette clientèle purement agricole, besogneuse souvent et toujours économe, leur restera sans doute, car elle peut et doit même ordinairement attendre pour leur confier ce travail la fin de la récolte; à cette époque le petit moulin profitera déjà des débits plus favorables de la «houille verte», c'est-à-dire de la force hydraulique des contrées boisées. Le Maine-et-Loire, qui compte relativement peu de chômage et un sol fertile, témoigne en faveur de ce dire.

Au contraire, dans le Calvados et l'Eure, au sol et au climat sensiblement plus rudes, nombre de puissantes chutes d'eau, utilisées jadis par des papeteries, filatures, etc., se voient condamnées au chômage; c'est à celles-ci qu'il faudrait conseiller la «lumière de pratiques», car, malgré l'exemple du transport d'énergie des 14 kilomètres de Thury-Harcourt à Aunay-sur-Odon, le cercle dans lequel peut s'exercer leur action ne saurait être très étendu. Nous avons vu que plusieurs établissements se sont déjà engagés dans cette voie pleine d'avenir, en y joignant le petit moteur industriel et agricole. Nous avons enfin relevé à des degrés de forces très variés des réunions de chutes d'eau par des transports d'énergie électrique. Entre les 8 modestes chevaux du moulin à blé de Saint-Elier et les 60 des usines de Navarre, tous les degrés de puissance ou d'industrie sont applicables.

On a heureusement défini la statistique : l'*étude numérique des faits sociaux*. Ainsi comprise elle se rattache à toutes les branches de l'activité humaine, faisant converger tous les enseignements du passé vers un but unique, la *comparaison*; c'est en quelque sorte la raison d'être des statistiques et la grande leçon de choses que l'on en peut tirer est toujours utile.

Grâce aux éléments dont on dispose actuellement, on peut arriver, comme on l'a vu, à se faire une idée assez juste des ressources hydrauliques d'une contrée de la France, mais il ne faut pas oublier qu'avec les facilités toujours croissantes des moyens de communication ces sortes d'enquêtes deviendront plus aisées; les connaissances plus approfondies du personnel enquêteur des services hydrauliques les rendront aussi plus précises, car il saura qu'en faisant connaître de cette façon les exemples qui se produisent journellement dans les applications de plus en plus multiples des forces hydrauliques à la production de l'énergie électrique, il en provoquera certainement de nouveaux.

Les cartes que nous avons produites, exposant ces exemples récents conjointement avec les ressources disponibles, ne sauraient avoir un meilleur succès que de contribuer à développer la tendance qui commence à se manifester en faveur des forces hydrauliques.

IMPRIMERIE NATIONALE. — Septembre 1905.

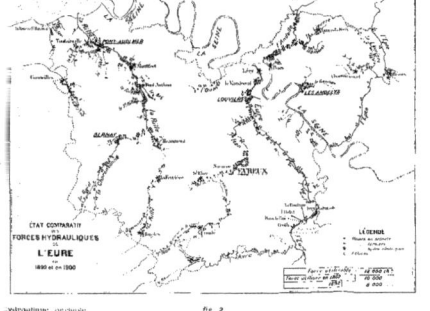

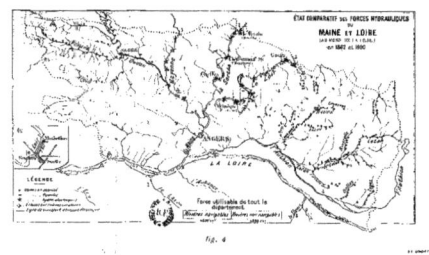

fig. 1

fig. 2

fig. 3

fig. 4

fig. 1

Le Barrage de Thury-Harcourt (Calvados) 1m70 de hauteur

fig. 2

Intérieur de l'Usine hydro-électrique en 1878

fig. 3

L'Alternateur des Usines de Navarre (près Evreux)

fig. 3

Le dynamo pour l'éclairage de Thury-Harcourt en 1904

fig. 4

L'Alternateur pour Asnières-sur-Oise (Seine) en 1904

fig. 5

Le transport agricole de St-Elier (Eure)